トイレ野ようこさん

作　仙田 学
絵　田中六大

静山社

もくじ

うんちのとちゅうで

「しもた！　学校にリコーダー忘れてもうた！」
サブロー君は大声でさけびました。
トイレの便器にすわったまま。そう、サブロー君はうんちのとちゅうでした。
「どないしよ。明日は音楽の時間にリコーダーのテストあるやんけ。リコーダー忘れたらテスト受けられへんやんけ。テスト受けられへんかったら、先生におこられるやんけ」

サブロー君の目から、ひとつぶのなみだがこぼれました。

「サブロー！　あんたトイレで何おおさわぎしてんねん。何時やと思てんの」

……先生におこられる前に、お母やんにおこられてもうた。サブロー君はなみだをふき、おしりもふきました。

せめて先生にはほめられたいわ。どうしよ。サブロー君はトイレの水を流しながら、必死で考えます。

「これはもう、学校までリコーダー取りに行くしかないわ」

サブロー君は決心しました。

でも、トイレに入ったのは歯みがきをしたあとだから、夜の九時。そんな時間に学校に行くなんて言ったら、お母やんがブチギレるに決まっています。

「しゃあない、こっそり出るか」

トイレのドアを開けると、ろうかのおくのテレビのある部屋から、お父やんとお母やんの話し声が聞こえてきます。ふたりはテレビを見ながらおしゃべりをしているようでした。

サブロー君はげんかんに向かいます。くつをはこうとしたところで、気がつきました。最近、げんかんのドアの調子が悪くて、開けたり閉めたりするときにギギギ、と大きな音が立つのです。お母やんにばれてまう……。

くつを手に持って、サブロー君はトイレにもどりました。

「こうなったら、最後のしゅだんや！」

ドアにかぎをかけてから、サブロー君はトイレの窓を開けました。冷たい風が入ってきます。

まずくつを外に放り投げると、サブロー君は便器にのぼり、窓にしがみつきました。

頭、かた、お腹、の順番で、窓から体を外に出していきます。もうちょっ

とで出られる、というところで、おしりがつかえてしまいました。サブロー君はうでに力をこめて窓わくをおしてみましたが、おしりは動きません。トイレのなかにもどろうとしても、そっちにも動けない。

「このままやと、ぼく一生トイレの窓に引っかかったままや」

サブロー君の目からふたつぶのなみだがこぼれました。

お母やん呼んで、助けてもらおか。いやあかんあかん、めっちゃおこられるて。しばかれるて。明日のおやつぬきになるし、ヘタしたら約束してたゲームも買うてもらわれへんやん。

「ぜったいリコーダー持って帰ってこな！　おやつッ！　ゲームッ！」

サブロー君は思いっきりうでに力をこめました。すると、おしりが外れて窓の外へまっさかさま！　サブロー君は、庭の土の上に顔から落ちてしまいました。

……痛い。サブロー君はしばらくほっぺたをおさえてうずくまっていましたが、気を取り直してくつをはきました。ぐずぐずしてるヒマはないで。パッと行ってパッと帰ってこな。

トイレのうらから家のまわりを回って、げんかんに向かいます。灯りのついた家の窓に、サブロー君は手をふりました。ほな行ってくるわな、サブローたんけんたい、しゅっぱーつ!!

夜の九時の道には、だれも歩いていません。冷たい風がふいて、サブロー君はふるえました。それもそのはず、パジャマ一枚しか着ていないのです。

「寒いて。かぜひいてまうて」

サブロー君は、はなをすすり、手をこすりあわせました。やばいやばい。体動かそ。サブロー君は学校まで走っていくことにしました。

学校までは歩いて十五分くらい。走ればもっと早く着くでしょう。白い息をはきながら走っていると、向こうから光が近づいてきました。でかい中電灯を持って歩いてくる人のすがたも見えます。

「オマエ、サブローやんけ。何しとん、こんな時間に」

声をかけてきたのは、みんとちゃん。サブロー君と同じクラスの女の子でした。背の高いお兄さんといっしょにいます。サブロー君の知らない人でした。

「ちょっと、忘れ物……いや、っていうか」

「え？　なんて？」

みんとちゃんはふだんからバカでかい声の持ち主です。え？　なんて？

という声は夜の町にひびきわたりました。

みんとちゃんの声がお母やんに聞こえたら、ぼくがたんけんに出たこと、ばれてまう！　サブロー君はみんとちゃんの口を手でふさごうとしました。

「ちょ！　何すんねんヘンタイ！　キモいぞオマエ！」

みんとちゃんはサブロー君の手をふりはらいます。

「……あはは。ごめんごめん。ちょっとふざけただけやし。ほな」

サブロー君が走ってにげようとすると、かい中電灯を持っているお兄さんが声をかけてきました。

「ちょっといいかな、君、みんとちゃんの友だち？」

「いちおう」

お兄さんはサブロー君の顔をじっと見てきます。

「なら、小学生だよね。こんな時間にひとりで何してるの？」

サブロー君はどう答えようか迷いました。お母やんから、おしょうゆ買ってこいってたのまれましてん。飼うてる犬がだっそうしたんで、探してますねん……。

いくつか言いわけを考えてから、頭をふります。あかんあかん。ウソつきはドロボーのはじまりや。ぼくウソはだいっきらいやねん。それよりきらいなんは、かくしごと。生まれてからいままで、かくしごとなんかしたことないし！

サブロー君は、お母やんにないしょで家を出たことを忘れていました。

「学校に、リコーダー取りに行くんです。ほな」

ぺこりと頭をさげてから、サブロー君は走ってにげようとします。そのうでを、みんとちゃんがつかみました。

「は？　オマエ何考えてんの？　明日、音楽でリコーダーのテストあんねんぞ」

「だから取りに行くんやんけ。リコーダー忘れたら、先生におこられてまう」

サブロー君の目から、三つぶのなみだがこぼれました。パジャマのそででなみだをふきます。

「だ・か・ら。明日、テストあるんやから、学校に置いといたら忘れようないやんけ」

「えっ。学校に置いといたら、それはもう忘れ物やん」

みんとちゃんはため息をつきました。サブロー君の顔に向けて、ひとさし指をのばします。

「オマエはアホか！」

「アホ言うもんがアホや！」

「ならオマエはどアホウや！」

みんとちゃんとサブロー君は、つばを飛ばしてどなりあいはじめました。

かい中電灯のお兄さんがあいだに入ってきます。

「まあ、まあ。話は聞かせてもらったよ。君、学校にリコーダー忘れたんだよね」

「はい」

「で、それを取りに行こうとしてる。ひとりで」

サブロー君はうなずきます。お兄さんは、かい中電灯を道の先に向けました。

遠くのほうまで、歩いている人はいません。電気のついていない家もあります。びゅごっ、と強い風がふきました。体が冷えてきて、サブロー君はふるえだしました。

「ぼくは、みんとのいとこでね。今日はみんとの家にとまりにきてるんだ。コンビニに買い物に行こうとしたら、みんとがついてくって言うからいっしょにきたんだけど。大人がいるならまだいいけど、子どもがひとりで夜に出歩いちゃいけないよ」

家まで送ってあげよう、家はどこ？　とお兄さんは近づいてきます。

やばい。もうにげられへん。お母やんにばれる。めっちゃおこられる。サブロー君は目をつぶって下を向きました。

「走れサブロー!!」

いきなりうでをつかまれて、サブロー君は転びそうになりました。うでをつかんで引っぱっているのは、みんとちゃん。引っぱられるままに、サブロー君はみんとちゃんに続いて走りだしました。

「みんと！　どこ行くんだ。もどってきなさい」

お兄さんがさけびながら追いかけてきます。みんとちゃんは止まるどころか、さらにスピードをあげて走ります。

「お兄（にい）、すぐもどるから、ちょっとそこで待（ま）っとき！　ぜったい先に帰んなよ。おかんにばらしたら、どつくアンドしばくぞ！」

まちがいなくみんとちゃんの家にまで聞こえていそうな大声をはりあげながら、みんとちゃんはお兄さんからにげ続（つづ）けます。

細い道に入り、曲（ま）がり角を何度（なんど）も曲（ま）がるうちに、サブロー君（くん）は息（いき）が苦（くる）しくなってきました。みんとちゃんも、口を大きく開（あ）けてぜいはあ言っています。

「ど、どういうことやねんいきなり」

知らない家のへいにもたれながら、サブロー君（くん）は息（いき）をととのえます。

「もうきてへんやろな、あいつ」

サブロー君（くん）の体にかくれながら、みんとちゃんは首だけをのばします。いとこのお兄ちゃんのすがたは見えません。みんとちゃんは口ぶえをふきました。

「あとでおこられるで」

「だいじょうぶ。あの兄ちゃん、みんとにあまいから、ずっとあそこで待ってるわ。それより」

と、みんとちゃんはサブロー君の顔をのぞきこみます。

「みんともいっしょに行くわ。夜の学校たんけんするって、おもろすぎるやろ」

「……リコーダー取りに行くだけやで」

サブロー君はため息をつきました。みんとちゃんは言いだしたら聞かない性格です。さからえば何をされるかわかりません。まずまちがいなく、お母やんにばらされるでしょう。

「みんとたんけんたい、しゅっぱーつ!!」

大声でさけぶと、みんとちゃんは学校に向かって歩きだしました。

タスケテ……

夜の小学校は、昼間よりも大きく見えました。校舎も窓も、校庭の木も、マジックでぬったみたいに黒ぐろとしています。

「門閉まっとるやんけ」

黒くてぶあつい校門の真んなかには、太いくさりが巻きつけられています。くさりにはダイヤル式のかぎがついていました。みんとちゃんはかぎをいじりました。

「あかんわ。あんしょう番号わからん」

「そらそうやろ……」

みんとちゃんは校門のまわりをしばらくうろうろしてから、サブロー君を呼びました。

「あんたここで立っとき」

学校を囲んでいるフェンスのはしっこまで歩くと、サブロー君の背中をおしてきます。言われるままに、サブロー君はフェンスに両手でしがみつきました。

どうすんの、とサブロー君が聞こうとすると、とりゃあああ！　というさけび声が。その直後に、背中にしょうげきが走ります。

サブロー君の背中に、みんとちゃんが飛びついたのです。みんとちゃんは、そのまま背中をよじ登り、かたの上に立ちました。

「痛たたたたた」

「オマエ動くなや。落ちるやろ」
サブロー君の体をはしごにしながら、みんとちゃんはフェンスのてっぺんまで登りました。向こう側へひらりと飛びおります。

「オマエも早よこいや」

「いやでも……」

サブロー君はあとずさりしました。リコーダーを取りに行くことで頭がいっぱいで、校門が閉まっているなんて思ってもいませんでした。

リコーダーを忘れたら先生におこられる。でも、フェンスを乗りこえて学校に入ってもおこられる……。

どうしよう。サブロー君はいっしょうけんめい考えました。テストのときだって、こんなに頭を使ったことはありません。

「オマエがこやんと、みんとそっちにもどられへんやんけ。見すてる気か？みんとをうらぎる気か？」

フェンスの向こうからみんとちゃんがあおってきました。勝手についてきたのはみんとちゃんです。自分からフェンスをよじ登ったのも。

でも、サブロー君はそのことを忘れていました。

「みんとちゃんを見すてる？　うらぎる？　ありえへんやろー！」

そうさけぶと、フェンスを登りはじめます。みんとちゃんがニヤリと笑ったのには、もちろん気がつかないままに。

校舎の入り口の、げた箱がならんでいるとびらにはかぎがかかっていました。みんとちゃんは長いあいだ、とびらをおしたり引いたりしていましたが、あきらめたのか舌打ちをしました。

「そこらへんにおっきめの石ない？」

「あるで。中庭のはじっこに……って、あかんあかん。とびらこわしたらあかん」

サブロー君は、校舎のまわりを歩いてみることにしました。どっかに、用務員さんが閉め忘れたとびらはないかな。

うら門はしっかり閉まっています。校庭から入れるとびらも。わたりろうかを通って行ける、小さいほうの校舎もたしかめてみましたが、なかには入れそうもありません。

　そりゃそうか。とびらが開けっぱなしになってたら、不しん者入りほうだいやもんな。って、ぼくらがいま不しん者みたいなことしてもうとるやん。

サブロー君があきらめかけたときに、みんとちゃんがバカでかい声をだしました。

「サブロー！　開いたでオイ！」

「もしかして、ほんとにおっきめの石でとびらをこわした？」

　あわててげた箱のあるとびらにもどると、みんとちゃんのおしりが、うかんでいました。とびらから少しはなれたところにある、ろうかの窓が開いていて、そこに頭から入っているのです。

「ここだけかぎかかってへんかってん。用務員さんアホやな」

校舎のなかに入ると、みんとちゃんは顔だけを外にだしました。鼻のあなが得意そうにふくらんでいますが、顔全体がひきつっています。

「勝手に入っていいんかな」

「いまさら何言うとんねん。オマエも早よこい」

みんとちゃんは手をのばしておいでおいでをしました。

「先生におこられたらいややなあ。だれもおらんか見てきてくれへん？」

とサブロー君があとずさりをすると、みんとちゃんは窓から体を乗りだして、サブロー君のかたをつかみます。だから！　早よこいゆうとんねん！

と窓のなかへと引っぱりこみました。


校舎のなかは、外よりもっと真っ暗でした。どこにも電灯がついていなくて、外から入ってくる光で窓の近くだけがぼんやり見えています。ろうかのおくは目をこらしてもただ真っ暗なだけ。

「は、はなれんなや。先行くなよ」

みんとちゃんは、サブロー君の後ろに回り、パジャマのすそをつかんでふるえています。

「なんや、みんとちゃん、こわいんかい」

「アホっ！　んなわけあるかい」

みんとちゃんの声は、いつもの半分くらいの大きさしかありません。みんとちゃんがこわがっているわけではないと知って、サブロー君は安心しました。さっそくリコーダーを取りに行こうと、ろうかを歩きだします。

「ちょ、そない早よ歩くなや」

「早よこい言うたり早よ歩くな言うたり、いそがしいな」

窓ぎわの少し明るいところを、サブロー君は歩きはじめます。みんとちゃんも、パジャマのすそをにぎったまま、ついてきました。

サブロー君たちの四年二組の教室は、西階段で三階まで登ると見える、ろうかのはしの教室です。階段はろうかより真っ暗で、ふたりはゆっくりと登っていきました。

教室の前までくると、なかが見えました。校庭側の大きな窓からぼんやりとした光が入ってきています。ならんでいる机や、後ろのかべにはられているみんなの絵や習字が、初めて見るものに思えました。

「は、早よリコーダー、取ってこいや、ほんですぐ帰ろ」

みんとちゃんはまだふるえています。サブロー君が教室のとびらに手をかけました。

「……ケテ……ケテヨオ……」

ふたりは顔を見あわせました。

「……ケテェ……ケテ……」

まちがいありません。どこからか、人の声が聞こえてきます。みんとちゃんがサブロー君のうでをつかんで、もときたほうへ走りだそうとしました。あまりにも強い力なので、サブロー君はひっくり返りそうになりましたが、みんとちゃんのうでをつかみ直しました。

「待ちや、みんとちゃん」

「オマエ何たらたらしてんねん。帰るぞ」

みんとちゃんは目になみだをためています。

「よろこべ、みんとちゃん。仲間がいたぞ」

「仲間なわけあるかいっ！　みんとらみたいなアホなことしとるやつが、ほかにおるかい！」

「アホなこと？」

サブロー君は何がアホなことなのかをしんけんに考えましたが、まったくわかりません。みんとちゃんに聞こうと思っていると、今度ははっきりと声が聞こえました。

「……タスケテ……タスケ……テ」

こまってる人は助けな！

みんとちゃんはひめいをあげて、サブロー君にしがみつきます。声は、二組のとなりの、一組の教室の前にある、トイレから聞こえています。

「みんとちゃん……こまってる人がおるわ」

サブロー君は、みんとちゃんの体をひっぺがして、トイレに向かって歩きだします。

「オマエまじか。アホ！　そっち行くな！」

後ろでみんとちゃんがさけんでいますが、サブロー君は返事をしないまま、トイレに向かいます。

――こまってる人がおったら、ぜったい助けてあげや。あんたはアホやけど、やさしい。あんたのええとこは、やさしいとこ。それだけや。だから、こまってる人を見すてたら、ぜったいにあかんで。

お母やんから、何度も言われてきたことです。

そのおかげでサブロー君は、学校でだれかが忘れ物をしたと聞けば、授業中に教室をぬけだしてその子の家まで取りに行き、先生におこられました。

道でおばあさんが大きな荷物を持ってふらついていると、かけよって荷物を持ってあげようとして、転んでケガをしたこともあります。

人だけではなく、動物も助けてきました。ノラネコとなかよくなったときには、家にあるかつおぶしや、おやつの小魚を毎日あげにいきました。あげるものがなかった日に、こまったサブロー君は、冷ぞう庫にあったブタ肉をトースターで焼いて、持っていきました。ノラネコは大よろこびで食べていました。ネコってブタも食べるんや！　大発見をしたサブロー君。でも、帰ってお母やんに話すとブチギレられました。

——今日のばんごはん、なくなってしもたやないの!!

お母やん、見ててや。ぼく、こまってる人は見すてへんで！　サブロー君はトイレに向かって走っていきます。

「タスケテ～タスケテ～!!」

こまっている人の声はどんどん大きくなっていきます。声がしているのは、右側のトイレ。サブロー君は飛びこみました。ならんだとびらの、おくから三つめのところが閉まっています。

サブロー君はとびらの前に立って、ノックをしました。

「だいじょうぶですか？　ぼくがきたからもう安心！」

返事はありません。ただ、タスケテ～タスケテ～、といううなり声がしているだけです。サブロー君はまた何度か声をかけましたが、返事は返ってきませんでした。

なかでたおれてるのかも。返事もできないくらい、しんどいのかも。心配になったサブロー君が、とびらに体当たりをしてとっ破しようとしたときです。

とびらが、音を立てて開きました。……なかにいたのは。

大きさはサブロー君の倍くらい。口が耳までさけています。おかっぱ頭の上には、サブロー君のうでくらいはある、太いツノが二本、生えていました。白いシャツに、赤いスカートをはいているところを見ると、女の子のようでした。

「ジブン、見かけへん子やな。何年何組？」

サブロー君はやさしく話しかけます。

「ワタ……シハ、トイレノハナコ……」

「え？　なんて？」

「トイレノ……ハナコ……」

サブロー君はうでを組んで考えました。

「トイレ野はなこさん？　聞いたことない名前やな」

「ワタシハ、トイレノ……」

「あ！　ジブン、デカいし中学生やろ。なんで小学校におんの？」

「ワタ……ワタ……タスケテ」

はなこさんは、便器にすわったまま動きません。電灯がついていないのでよくわかりませんが、顔色がとても悪そうです。

「わかった！　忘れ物取りにいこうとして、まちがえて小学校きてもうたんやろ。ぼくといっしょやん。ぼくな、明日の音楽でテストあるから、リコーダー取りにきてん」

話を聞いているのかいないのか、はなこさんは手をのばしてきます。手のつめはどれもするどくとがっていて、サブロー君の指くらいの長さがあります。

「どしたん。立てるか？　ほな、ぼくが中学校まで送ってったるわ」

サブロー君は、はなこさんの手をつかみました。中学生だとも、迷ってるとも、はなこさんはひと言も言っていないのに、サブロー君は送って行く気まんまんです。

「ちゃんとトイレ流した？　っていうかジブン手ぇ洗てへんやん。まあええわ、細かいことは。ぼくが助けたるからな！　それにしても、ジブン手ぇ冷たいな。かぜひいとん？」

はなこさんの手を引いて、サブロー君はトイレの外にでました。

「おんぎゃぁあああああああああああああ！」

どデカいひめいが聞こえたかと思うと、トイレの外のろうかで、みんとちゃんがしりもちをつきました。

「どしたん、みんとちゃん。おしり痛いやろ」

「バ……バケモン……」

みんとちゃんは目も口もまん丸にして、はなこさんの顔を指さしています。

「みんとちゃん。人の顔を指さすの、やめとき。あと、バケモンとかぜったい言うたらあかん。イジメ案件や」

サブロー君は、みんとちゃんの顔を指さしながら注意しました。

「オマエ、頭おかしなったんかい！　なんでバケモンと手ぇつないでんねん！」

はなこさんの顔を見てから、サブロー君は

ため息をつきます。

「この人は、トイレ野はなこさん。中学生やで。ぼくといっしょで、忘れ物取りにきたんやけど、まちがえて小学校きてしもてん。だから、中学校まで送ってくな」

「オマエまじで何言うとんねん。どっからどう見ても中学生ちゃうやろ。ツノ生えとるやんけ」

みんとちゃんは、サブロー君たちからはなれながら、またはなこさんの顔を指でさしました。

「いろんな人がおるからな。運動がとくいな人もいれば、勉強ができる人もおる。ツノが生えとる人もおる」

「いや、おらん！」

はなこさんが、サブロー君の手をぐっとにぎってきました。冷たくて大きくてかたい手が、少しふるえています。サブロー君はやっと、気がつきました。

「ごめん、はなこさん。ぼく、女子トイレに入ってもたな。いややったやんなあ。みんとちゃんに行ってもろたらよかったわ」

「……ケロ」

「ん?」

どこからか、声が聞こえてきました。声が聞こえたとたんに、はなこさんはまたふるえます。

「タ……タス……ケ……ロ」

サブロー君は、耳に手を当てて、声がどこからくるのかを探しました。

「タス……ケロ……」

「男子トイレにだれかおるわ。これはもう、まちがいなくこまってる人や。

ぼく、助けにいかな」

男子トイレのほうへサブロー君が向かおうとすると、はなこさんがまた強く、手をにぎってきました。真っ赤な目でサブロー君を見つめながら、首をふります。

「はなこさん、だいじょうぶやで。ちゃんと中学校まで送るし。ぼく、こまってる人いたらほっとけへんねん」

はなこさんの冷たくて太いうでをなでてから、サブロー君はにぎっていた手をはなしました。ちょっとそこで待っててや、とはなこさんの背中をおします。はなこさんが、よろけながらみんとちゃんのほうへ近づいていきました。

「ふんぎゃぁあああああああああああああああ!!」

みんとちゃんが、またバカでかい声でさけびました。はなこさん、しんどそうやな。でもみんとちゃん、やさしいし見ててくれるやろ。サブロー君は、みんとちゃんにウインクをしてから、男子トイレに入りました。

声が聞こえてくるのは、三つならんだとびらのいちばんおくから。

「タスケロ……タスケロ……!!」

どんどん声は大きくなっていきます。

サブロー君はとびらの前に立って、ノックをしました。

はなこさん対ようこさん

「だいじょうぶですか？　ぼくがきたからもう安心！」

返事がないので、サブロー君はまた何度か声をかけました。

「今日はこまってる人が多い日やな。でも、まかしときやー！」

サブロー君が体当たりをしてとっ破しようとしたとき、とびらが音を立てて開きました。……なかにいたのは。

大きさはサブロー君の三倍くらい。口が耳までさけています。おかっぱ頭の上には、サブロー君の体くらいはある、太いツノが二本、生えていました。

黒いシャツに、黄色いスカートをはいているところを見ると、女の子のようでした。

「ジブン、見かけへん子やな。何年何組？」

サブロー君はやさしく話しかけます。

「ワタ……シハ、トイレノ、ヨウコ……」

「え？　何て？」

「トイレノ……ヨウコ……」

サブロー君はうでを組んで考えました。

「トイレ野……ようこさん？　どっかで聞いた名前やな」

「ワタシハ、トイレノ……」

「あ！　ジブン、もしかしてトイレ野はなこさんのきょうだいか？　はなこさんより大っきいから、お姉ちゃんやろ」

ふごーっ、とようこさんは鼻から息をふきました。その勢いが強すぎて、サブロー君は後ろにふっ飛んで、トイレのかべにげきとつしました。

「痛ででで……」

サブロー君は、おしりをさすりながら立ちあがりました。ふらつきながら、ようこさんに近づきます。

「ジブンだいじょうぶか？　めっちゃハアハア言うとるやん。どうしんどいんや？」

サブロー君が顔をのぞきこもうとしたとたんに、ようこさんは便器から立ちあがりました。大きな太いツノがトイレの天井をつき破ります。ようこさんが両うでをふり回すと、とびらがバラバラにくだけました。

「ガルルルル……」

うなり声をあげながら、ようこさんは個室の外にでます。目がつりあがっていて、血のなみだが流れていました。

「ジブン、たいへんやん。いますぐ目医者行かな……」

サブロー君はかけ寄ろうとしましたが、ようこさんにおされて、トイレの外にふっ飛びました。ろうかのかべにげきとつして、顔面をぶつけます。

「おんぎゃぁあああああああああああああ!!」

みんとちゃんがまたさけびながら、ようこさんの顔を指でさしています。

バ、バケ、バケモ……と口をぱくぱくさせています。サブロー君はもう、注意をする気になれませんでした。

「痛ったー……いきなり何すんねんな、ジブン」

サブロー君は顔面をおさえながら、ゆっくり立ちあがります。

「どんだけしんどいんか知らんけど、八つ当たりすんなや!」

ようこさんの顔を指でさします。そう。サブロー君は少ーしだけ、ムカついていたのです。

はなこさんが飛びかかってきたのは、そのときでした。

太くてかたいうでででサブロー君をかかえたかと思うと、はなこさんは飛びあがります。もう片方のうでには、みんとちゃんをかかえていました。

ふたりをかかえたはなこさんが、四年二組の教室の前に着地したときです。トイレから走ってきたようこさんが、トイレの前のろうかのかべにげきとつしました。

ろうか全体が、地しんのようにゆれました。大きな音を立ててかべがくずれて、太いヒビがいくつも入ります。

ようこさんが飛びかかったのは、サブロー君たちがいたあたりでした。

「ちょ、ジブン何すんねん！」

「いやあああああああ」

サブロー君とみんとちゃんがもがいていると、はなこさんはうでをはなしました。

「あなたたち、にげるわよ」

えっ？　ふたりは顔を見あわせました。いましゃべったのって、もしかして。

「わたしだわよ。あいつがねらってるのは、わたし」

はなこさんは、両うでを広げて、ようこさんのほうを向きました。サブロー君のうでくらいの長さのつめが十本、広がります。

「ジブンちゃんとしゃべれるんやん。っていうか、きょうだいげんか？　やめや」

サブロー君が近よろうとすると、みんとちゃんがうでをつかんできました。

「オマエ、もういらんことすんな。いまのうちやんけ。にげんぞ」

「そうだわよ。ようこはわたしが相手しとくから、にげるといいわよ」

はなこさんは、首だけを真後ろに回転させながらウインクをしました。みんとちゃんがひめいをあげます。

「助けてくれて、ありがとうだわよ。わたし、トイレのあの部屋からずっとでられなかったの、百年前から……」

話し続けるはなこさんに、ようこさんが飛びかかってきました。ろうかの天井をこわしながら、両うでをあげると、はなこさんめがけてふりおろします。するどいつめが、はなこさんのかたをかすめました。はなこさんが、ようこさんのお腹をけろうとしましたが、ようこさんはうででふりはらいます。はなこさんは、しりもちをつきました。ずしゃんっ！　と音がして、ろうかがゆれました。

どうしよう。このままやと、はなこさん負けてまう。サブロー君は必死で考えます。はなこさんは、サブロー君の倍くらいの大きさです。ようこさんは三倍。まともに戦えば勝ち目はありません。……そうだ！

サブロー君は、みんとちゃんのうでをはなすと、四年二組の教室に飛びこみました。だれもいない教室はいつもより広く見えて、サブロー君は走って自分の席に向かいました。サブロー君の席は、窓ぎわのいちばん後ろです。机のなかに手をつっこむと、リコーダーがありました。

　やった！　サブロー君はリコーダーをにぎりしめて、教室の外にでました。ろうかでは、はなこさんとようこさんが戦っています。ようこさんがはなこさんのかみの毛をつかみ、はなこさんはようこさんのすねをけっています。はなこさんがけるたびに、ろうかがふるえて、かべにヒビが入りました。

「オマエ頭だいじょうぶ？　リコーダーどうでもええやろ、百パーセントいらんやろ！」

　みんとちゃんは、ろうかをガンガンけりながら、両うでをふり回しています。ところが、そうでもないんやな、とサブロー君はみんとちゃんに指でピースをしてから、ようこさんのほうに向かっていきました。

「くらえっっ」

リコーダーを大きくふりかぶると、ようこさんの、空(あ)いているほうのすねにたたきつけました。


「おゴゴゴゴゴゴゴゴゴゴゴゴゴ!!」


ようこさんは、ひめいをあげてうずくまります。リコーダーはサブロー君(くん)の手からすっぽぬけて、ろうかの奥(おく)のほうへ転(ころ)がっていきました。

「いまだ！　はなこさん！」

サブロー君(くん)は、はなこさんの手をにぎりました。目も口も丸くしている、みんとちゃんの手もにぎって階段(かいだん)のほうへかけだします。

「マデゴラー!!」

後ろからようこさんの声が追いかけてきました。三人は転げるように階段を走りおります。

一階のろうかは、窓から入る月の光で明るくなっていました。今夜は満月です。月明かりのなかを三人は走り、サブロー君たちが入ってきた窓までたどり着きました。

「しもた!」

サブロー君はさけびました。窓は、サブロー君たちがらくに入れるくらいの大きさでしたが、はなこさんは通れそうもありません。むりに通ろうとしても、引っかかってしまうでしょう。どないしよ、出口ここしかないでたぶん。みんな[illegible]んに話しかけようとしたときのこと。

「だいじょうぶだわよ。わたしにまかしてだわよ」

ぶわっしゃーんっっ!!　とどデカい音がひびきました。一しゅんのことでしたが、はなこさんが両手でパンチをして、窓ごとふき飛ばしたようです。

ろうかのかべの、窓があったところには、はなこさんが通れるくらいのあなが開いていました。

「すごいやん、はなこさん！」

サブロー君とはなこさんは、ハイタッチをしました。

「いや、すごいけど！　かべ、こわれてもうとるし！　二階もめちゃくちゃやし！　明日からどうすんねんうちら！」

みんとちゃんが、口からつばを飛ばしながら、ゆかをけりました。

「グオオオオオラアアアアア!!」

ろうかのはしに、ようこさんのすがたが見えました。サブロー君の背くらいの大きさのツノで、天井をぶちこわしながら近づいてきます。

「にげるわよ」

今度ははなこさんが真んなかになり、サブロー君とみんとちゃんの手をにぎりました。校舎の外に飛びだすと、入ってきたフェンスに向かいます。サブロー君とみんとちゃんが急いでフェンスをよじ登ろうとすると、はなこさんは少し後ろにさがりました。

「あなたたち、行くわよ」

そうさけんでから、短きょり走をするときのようにしゃがんで、両うでを後ろにのばします。**ハアアアアアアアア!!**　と声をあげながら、はなこさんはフェンスにとつげきしました。

ようこさんの大失敗

だじゃぁんっっ!! と大きな音が立ち、フェンスにあなが開きました。はなこさんがそのあなに飛びこみます。サブロー君とみんとちゃんもあとに続きました。

はげしい足音を立てながら、ようこさんが追いかけてきます。サブロー君の体ほどの大きさのツノをふり回して、口からよだれをたらしています。さっきよりも体が大きくなっていて、校舎の三階ほどの背たけがありました。ひとけりで校門をはかいして、道路に飛びだします。ずじゃぁん、ずじゃぁん、と地面をふみしめながら、追いかけてきました。

「もういやぁぁぁ！　夢やろこんなん！　早よ目さめてや！」

みんとちゃんが、走りながら大声をあげました。運動会の八十メートル走で一位だったみんとちゃんが先頭です。その次にはなこさんで、サブロー君は三番めでした。サブロー君は、勉強も運動も苦手でした。

ずじゃぁん、どじゃぁん、とようこさんが近づいてきます。地面がゆれて、太いヒビが走りました。どぅごぉん、だごぉぉん、とはなこさんはにげます。地面がわれて、サブロー君とみんとちゃんの体はちゅうにうきました。

ふたりが転ばないように、はなこさんが手をにぎってくれました。みんとちゃんがひめいをあげます。三人は手をつないだまま、横ならびになって走っていきました。

そういえば、とサブロー君はふしぎに思いました。

「なあ、はなこさん」

「なんだわよ？」

はなこさんは、首を真後ろに回します。口が耳までさけていて、つりあがった目は真っ赤に染まっています。サブロー君のうでくらいの大きさのツノは、風を切って音を立てています。サブロー君たちと見た目はちがいますが、はなこさんはよく話を聞いてくれる、やさしい人なのです。

「なんでようこさんからにげてるん？」

はなこさんは、口のはしを少しだけ曲げました。泣いているようにも、おこっているようにも見えます。

「気になるわよね」

はなこさんは、走りながらため息をつきました。

「あなたたち、ここまでまきこんだんだから、話しておかないとだわよね」

こんな話を、はなこさんははじめました。

じつはね、わたし、人間じゃないんだわよ。サブロー君は、ものすごくびっくりしました。人間じゃないって、どうゆうこと？　わたしは、伝説上の生き物なんだわよ。あなたたちのおじいちゃんおばあちゃんの、そのまたおじいちゃんおばあちゃんが子どものころに、学校の女子トイレのなかで生まれたわよ。

全国の学校の女子トイレを、数えきれないくらい引っこしてきたというはなこさん。はなこさんの楽しみは、まちがえてはなこさんの部屋に入ってきた子どもを、びっくりさせることでした。びっくりさせるだけで、ほかにはは何もしません。はなこさんを見た子どもたちは、はなこさんのうわさをしました。

こわいもの見たさで、わざわざ夜の学校にしのびこんで、はなこさんの部屋にくる子どももいました。そういう子どもは、いつもよりたっぷりびっくりさせました。

子どもたちは、一しゅんこわい思いをするかもしれないわね。でもね、とはなこさんは首をぐるぐる回転させました。いっしょに話を聞いていたみんとちゃんが、びっくりしてひめいをあげます。大人になると、こわいことがたくさんあるから、子どものうちにこわいものにふれて、慣れておくって大切なんだわよ。

だけど、とはなこさんは続けます。わたしのうわさが広がりすぎて、大きくなりすぎて、そのうわさのなかから変な生き物が生まれたの。それが、ようこ。

子どもたちをびっくりさせる、妖怪はなこをやっつけるために、ようこさんは生まれました。悪い妖怪はなこから、子どもたちを守るために。

ところが、ようこさんは大失敗をしてしまいました。男子トイレのいちばんおくの部屋で生まれてしまったのです。

はなこさんがいるのは、女子トイレ。ようこさんがいるのは、男子トイレ。女子トイレからひめいが聞こえても、ようこさんにはどうすることもできません。というのも、体が大きすぎて男子トイレの部屋からでられないから。

　はなこさんが引っこすたびに、ようこさんも同じ学校に引っこしました。でも、女子トイレのとなりの男子トイレから、子どもたちのひめいを聞いているだけ……。

はなこさんから子どもたちを守ることができないことにイラついて、ようこさんはかみの毛をかきむしり、ゆかをけったりドアをなぐったりしました。その音に、男子トイレに入った子どもたちはひめいをあげました。泣きだす子も。

はなこさんから子どもたちを守るどころか、子どもたちをこわがらせるバケモンになってしまった……。ようこさんは悲しみました。いかりました。はなこめ……!! そもそもあいつのせいで……! ようこさんは、子どもたちを守るという目的をいつの間にか忘れていました。子どもたちのことなんてどうでもいいから、とにかく、はなこさんをやっつけたい!

「そこに、ぼくがやってきて……」

サブロー君は気がつきました。

「わたしを女子トイレから外にだしたわよ」

はなこさんは、首をさらに速く回転させました。

「女子トイレからな、女子トイレから」

みんとちゃんが、サブロー君の顔を指でさします。もう慣れたのか、はなこさんが首を回しているのに、さけんでいません。

「はなこさんを女子トイレからだしてもうた。ほんでから、ようこさんを男子トイレからだしてもた」

サブロー君は首をふりました。

「ごめん、はなこさん……」

「気にしなくていいわよ、サブロー君」

はなこさんは、にぎった手にやさしく力をこめました。

「やっとわたしに会えて、ようこはよろこんでるわよ。そしてわたしは、ようこと正々堂々と戦って、勝つわよ」

耳までさけた口から、はなこさんは真っ赤な舌をでろんとだしました。

「いや、一ミリも戦ってへんやんけ。えんえんにげとるだけやんけ」

みんとちゃんが、はなこさんの顔を指でさします。走り続けるはなこさんの後ろから、ずしゃん、ずしゃん、と足音を立てながら、ようこさんが追いかけてきています。

ツノは大人の背たけほどにふくれあがり、頭までさけた口からは、包丁のようなキバがのぞいています。カッと開かれた目からは、血のなみだがふきだしていました。

「そう思うわよね。でも、こっからだわよ」

はなこさんは、いきなりななめ下に頭をさげました。太くて大きなツノが、サブロー君のパジャマのズボンをこすります。

「わ！　なんやいったい！」

ナンボノモンジャーイ!!

サブロー君のズボンのポケットが、にじ色に光りだしました。ほんのり温かくもなってきて、サブロー君はポケットを手のひらでこすります。

「いまだわよ、サブロー君！　ポケットから、おふだをだすんだわよ！」

はなこさんがさけびます。サブロー君がポケットに手をつっこむと、かたくて四角いものがありました。引っぱりだすと、トランプのカードより少し大きいくらいの、おふだでした。見たことのない文字が、いちめんに書かれています。

「それを後ろに投げるんだわよ！」

言われたとおりに、サブロー君はおふだを投げました。びゅごうっっ。おふだは、風にさらわれて、矢のように飛んでいきます。ようこさんめがけて、一直線に。

どぅごぉぉぉん!!

ちょう特大の打ち上げ花火のような音がしたかと思うと、サブロー君たちの後ろに、きょだいな山が現れました。

「おいおいおい！　マジかいや！　町がつぶれてもうとるやんけ！」

みんとちゃんが飛びあがります。

「町の人たちにはごめんだけど、わたしたちが助かるには、これしかないわよ」

「オマエ、サイテーやな！」

サブロー君たちは走るのをやめて、山を見あげました。空が半分くらいかくれているほどの、バカでかい山です。まるで、ぶあついかべのように、学校のある方角と、サブロー君たちを遠ざけています。

さすがのようこさんでも、こえてはこられないでしょう。それにしても、山の下じきになった町はどうなるのか。はなこさんは、うでを組んで目をつぶっていますが、町の人たちの心配をしているようには見えません。

「……終わったわよ」

「いや、オマエのなかではそれでええやろけど、この後しまつどうすんねん。ケーサツくんぞ。明日ごっついニュースなんぞ」

みんとちゃんが、山を指でさしながら飛びはねます。

「はなこさん、これからどうすんの?」

サブロー君は、みんとちゃんにかまわず話しかけました。

「わたしは、また女子トイレにもどるわよ。だって、わたしの仕事は、子どもたちをびっくりさせることだわよ」

「はなこさん……」

サブロー君は、はなをすすりました。

はなこさん、よかったなあ。またもとの平和な生活がもどってきたやん。ぼくもう、じゃませえへんから、これからも楽しく、みんなをびっくりさせてな。

「おいおいおい！

だ・か・ら、なんの

かいけつにもなっとらんっちゅうとんやろ！」

みんとちゃんが、両うでをふり回しながら飛びあがったときです。ばんぐわらぁぁぁぁんっっ!!　というバカでかい音がひびき、地面がゆれました。大きな地しんがきたように、たてにゆれて、横にゆれて、やがて、かべのような山がくずれだしました。

「ナンボノモンジャーイ!!」

大きな声がとどろいたかと思うと、山がまっぷたつにわれて、ようこさんが飛びだしてきました。

ますます高くのびたツノや、大きく広げたうでに、岩や木や、土のかたまりがたくさんついています。どろまみれのまま、ようこさんはこちらに走っ

てきました。

「みんとちゃん、あなたの言うとおりだわよ。おふだがきかなかったみたいだわよ」

はなこさんが、サブロー君とみんとちゃんの手を取り、また走りだします。

「そういう意味で言うたんちゃうけどな」

みんとちゃんも、目をまん丸にして走りだしました。

どぢゃーん‼　ずぢゃーん‼

さっきよりも大きな足音を立てながら、ようこさんが追いかけてきます。

丸太のように長くのびた指が、サブロー君たちの頭の上に広がっています。

「サブロー君、もう一回おふだをだすわよ！」

はなこさんがさけびました。サブロー君がまたポケットに手を入れてみると、新しいおふだが入っているではありませんか。

「それを後ろに投げるんだわよ！」

言われたとおりに、サブロー君はまたおふだを投げました。びゅごうっっ。

おふだは、風にさらわれて、矢のように飛んでいきます。ようこさんめがけて、一直線に。

ぢゃばぁぁぁん‼

台風の日の海の波のような音がしたかと思うと、サブロー君たちの後ろに、きょだいな川が現れました。

「おいおいマジかいや！　さっきの山ごと、町が飲みこまれてしもとるやないけ！」

みんとちゃんが飛びあがります。

向こう岸が見えないほど、川のはばは広く、だばだばだばだばっ、と大きな音を立てながら、ものすごい速さで水が流れています。どんなに泳ぎのうまい大人でも、なかに入れば一しゅんでおぼれて流されてしまうでしょう。

はばだけでなく、先が見通せないほど長い川です。となりの町も、そのとなりの町も、しずんでしまったにちがいありません。

「これだけ大きな川なら、ようこもわたってこられないわよ」

「やったやん、はなこさん」

サブロー君とはなこさんはハイタッチをしました。

「いやいやいや、心配は？　町の人たちの心配は？」

みんとちゃんは、川を指でさしながら飛びはねます。

「……終わったわよ。平和がおとずれたわよ」

「だ・か・ら！　いったいぜんたい、どこに平和があんねん!!」

みんとちゃんがうでをふり回したときでした。

ずゅばぁぁぁぁん!!

とてつもなく大きな、何かがたたきつけられるような音がひびきました。

目をこらさないと見えないほど遠い向こう岸から、ようこさんが川に飛びこんだのです。

大きな木のような両うでを動かしながら、ようこさんは洪水のように流れる深い水のなかを泳いできます。

「どうすんねん、こっちきよるであいつ」

みんとちゃんが、はなこさんの背中の後ろにかくれます。

「安心していいわよ。こんな大きな川、船でもくじらでもわたれないわよ。そしてようこは、船でもくじらでもないわよ」

はなこさんが言い終わらないうちに、**ずぁんぶぁぁぁぁん!!　ぼわぁっっっちゃゃぁぁん!!**　と、川から水があふれました。高く飛んだ水が、上から落ちてきて大雨のようにサブロー君たちにふりかかります。

「ナンボノモンジャーイ!!」

大きな声がとどろいたかと思うと、あふれた川の水をかきわけて、ようこさんが飛びだしてきました。

空にとどきそうなほど高くのびたツノや、大きく広げたうでに、どろや魚や水草がたくさんからみついています。ずぶぬれのまま、ようこさんはこちらに走ってきました。

「みんとちゃん、あなたの言うとおりだわよ。平和なんてこなかったわよ」

　はなこさんが、サブロー君とみんとちゃんの手をつかんで、急いで走りだします。

「そういう意味で言うたんちゃうけどな」

　みんとちゃんも、引きずられるようにして走りだしました。

　三人とも、そろそろ限界に近づいていました。サブロー君は走りすぎて足が痛くなっていましたし、みんとちゃんは横っ腹が痛いのか、お腹を片手でおさえています。

　だれよりもしんどそうなのは、はなこさん。真っ白な顔をあせまみれにして、耳までさけた口からぶあつい舌をだして、犬のようにあらい息をはいています。


どぢゃぢゃぢゃーん!!　ずぢゃぢゃぢゃーん!!

これまでにないほどの大きな足音を立てながら、ようこさんが追いかけてきます。丸太のような指が、あと少しでサブロー君たちの頭にふれそうです。

「マジでやばいて!!　サブロー、オマエのせいやぞ、なんでみんとがこんなめに!!」

みんとちゃんが泣きさけびました。

「ぼくなんも言うてへんがな。みんとちゃんが勝手についてきて……」

「サ、サブロー……君、……お、おふ、おふ」

はなこさんは、ぶをしゅぅっ、と鼻から息をはきました。

「おふだ?　まだあんの?」

サブロー君はポケットを探ります。もう一枚、おふだが入っていました。

「意味ないやろ、そのクソふだ!　一回も役に立ってへんやんけ!」

みんとちゃんが横っ腹をおさえながら、わめきます。

「何もやらんよりはマシやろ！」

サブロー君は、やけくそになって、おふだを投げました。

びゅごうっっ。おふだは、風にさらわれて、矢のように飛んでいきます。

ようこさんのいるほうとは、まったくちがう方向めがけて、一直線に。

「へたくそ！」

みんとちゃんが泣きながらわめいたときでした。

かみなりのような音がとどろき、夜空を切りさくような光が広がりました。

ばらららららららん。ばらららららららららん。ばらら。にぶい音が立ち、空から何かがふってきます。

雨？　雪？　ひょう？　いえいえ、どれでもありません。空から大量にふってきたのは……。

ピーマンです。

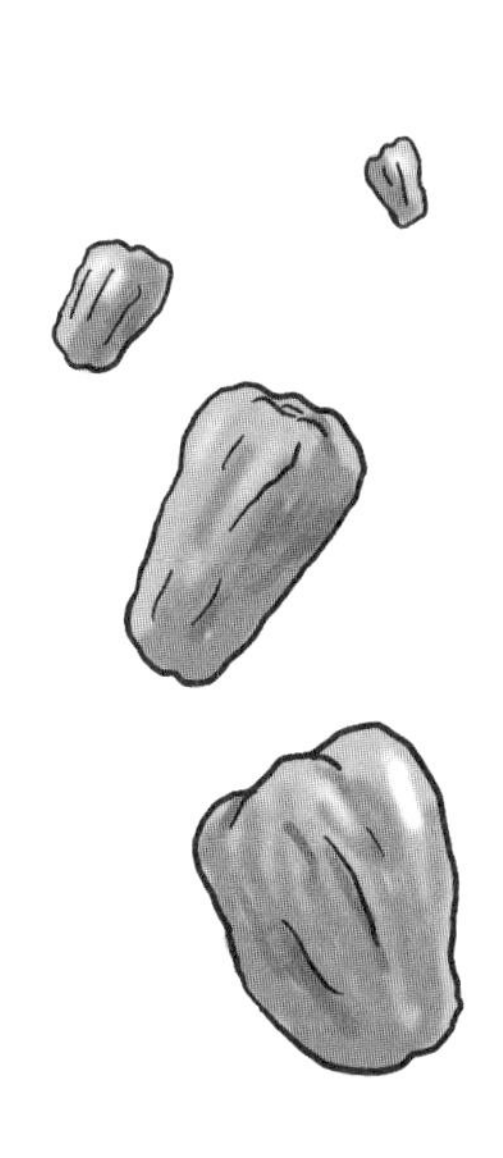

皮がぶあつくてつやつやしていて、子どものにぎりこぶしほどある、りっぱなピーマンが、次から次へとふってきました。

「痛だっ！　痛だだだっ！」

サブロー君とみんとちゃんは、両手で頭をかかえてうずくまりました。なかが空どうで軽いピーマンだとはいえ、高いところから落ちてきたものが当たると、それなりに痛いのです。

だれよりも痛がっているのは、はなこさん。ツノや頭や顔に当たるたびに

「痛いわよ。痛いわよ」とさけびながらにげ回っています。

でも、大雨のように空全体からふってくるピーマンからは、にげようがありません。地面にもどんどん積もっていくので、ヘタに動くとすべって転んでしまいます。

サブロー君たちはすでにいくつもふみつぶしてしまっていて、あたりいちめんに青くさい、苦いにおいが広がっています。見わたすかぎりピーマンだらけ。

「……これがほんまの無限ピーマンやな」

両手で頭をかかえたまま、みんとちゃんがつぶやきました。

ピーマンの大雨。たしかにものすごくウザいですが、ようこさんからにげるのに役立つでしょうか。

空にとどくかべのようなきょだいな山。果ての見えない、海のようなきょ

だいな川。そのどちらも、ようこさんはものともせずに乗りこえてきたのです。

ピーマンがなんだというのでしょう。すぐにまた、「ナンボノモンジャーイ‼」とさけびながら、追いかけてくるでしょう。

もうあかん……終わりや。お母やん。サブロー君の目から、四つぶのなみだがこぼれました。

「ヴロロロロロロ‼　ヴォーロロロロン‼」

サブロー君たちの後ろから、耳が破れそうなほど大きな声がとどろいたのは、そのときのこと。

だぢゃあああん‼　ずぢゃあああん‼　と地ひびきを立てながら、よ

郵便はがき

料金受取人払郵便

麹町局承認

1109

差出有効期間
2025年5月
31日まで
（切手をはらずに
ご投函ください）

102-8790

206

静山社 行

東京都千代田区九段北
一―十五―十五
瑞鳥ビル五階

（受取人）

住所	〒　都道府県		
フリガナ		年齢	歳
氏名		性別	男　女
TEL	（　　）		
E-Mail			

静山社ウェブサイト　www.sayzansha.com

愛読者カード

ご購読ありがとうございました。今後の参考とさせていただきますので、ご協力をお願いいたします。また、新刊案内等をお送りさせていただくことがあります。

【1】本のタイトルをお書きください。

【2】この本を何でお知りになりましたか。

1.新聞広告(　　　　　　　　新聞)　2.書店で実物を見て
3.図書館・図書室で　4.人にすすめられて　5.インターネット
6.その他(　　　　　　　　)

【3】お買い求めになった理由をお聞かせください。

1.タイトルにひかれて　2.テーマやジャンルに興味があるので
3.作家・画家のファン　4.カバーデザインが良かったから
5.その他(　　　　　　　　)

【4】毎号読んでいる新聞・雑誌を教えてください。

【5】最近読んで面白かった本や、これから読んでみたい作家、テーマをお書きください。

【6】本書についてのご意見、ご感想をお聞かせください。

ご記入のご感想を、広告等、本のPRに使わせていただいてもよろしいですか。
下の□に✓をご記入ください。　□ 実名で可　□ 匿名で可　□ 不可

ご協力ありがとうございました。

うこさんが転げ回っています。

「ピーマンキライ!! ピーマンキライ!!」

大木のようなうでをふり回して、きょだいなツノを地面にたたきつけながら、体をよじり続けます。

もしかして……? サブロー君とみんとちゃんは、顔を見あわせました。

「ようこさんって、ピーマン苦手なん?」

みんとちゃんが、はなこさんに聞きました。

「知らないわよ。わたしは大好きだわよ。ピーマンの肉づめとか、バーベキューのピ

ーマンとか」

　はなこさんは、ふってきたピーマンをひとつキャッチすると、口のなかに放りこみました。ぶぉりっ、と音を立ててかじり、飲みこんでから、指でピースサインをしました。

「オマエずっとトイレいたかと思とったけど、バーベキューとか行っとったんやな」

　いいことを思いついたというように、みんとちゃんは、はなこさんの背中の後ろにかくれました。みんとちゃんの倍ほどはある体で、ピーマンの大雨がさえぎられました。

「はなこさん、みんとちゃん、あれ！」

　サブロー君が、ようこさんのほうを指でさしました。ようこさんのかたや、背中や、足から、黒いけむりがでているではありませんか！　ピーマンの雨

に打たれ続けているところから、ようこさんの体がとけて、黒いけむりにな
って空にのぼっていっています。

「ヴロロロロロロロ!! ヴロロロロロロロ!!」

ようこさんはひめいをあげながら転げ回ります。ツノが先のほうからとけ
ていきます。うでからも、足からも、黒いけむりが勢いよくふきだしてきま
した。

かわいそうで、悲しくて、少しこわくて、サブロー君は、はなこさんにし
がみつきました。みんとちゃんも、反対側からしがみついています。

ぶしゅるるるるるんっ!! はげしい音が立ったかと思うと、ようこさ
んの体から大きなけむりのかたまりがふきだしました。

けむりは一直線に空までのぼり、入道雲のように、空いっぱいに広がりました。いっぽうで、ようこさんの体はどんどん消えていきます。

ツノが消えて、うでが根もとまでなくなり、足がつま先から太ももにかけて消えていきました。体のほとんどが黒いけむりに変わってしまい、最後に頭だけが残りました。頭だけになってしまったようこさんは、はなこさんの名前をさけびます。

「ハナコ……ハナコオオオオオ!!」

頭が消えて、包丁のようなキバの生えた口が消えて、真っ赤な目だけが残りました。やがて目も消えていき、目のはじから流れていた、血のなみだが細いけむりになって、まっすぐにのぼっていきました。

「ようこさん……消えてまいよったな」

サブロー君は、はなこさんのシャツをにぎりました。なぜだかわからないけど、サブロー君の目からは、五つぶのなみだがこぼれています。

「とんでもないバケモンやったけど、おらんくなったら悲しいな」

みんとちゃんも、はなこさんのシャツをつかみながら、もう片方の手で目をこすりました。

「長いあいだ、いいライバルだったわよ。会ったのは初めてだったけど」

はなこさんが、ようこさんのいたあたりに向かって両手をあわせて目をつぶりました。

ふたりとはなこさんはしばらくうつむき、はなをすっていました。はなこさんがいたからようこさんは生まれたのに、何ひとつ望みがかなわないまま消えてしまったのです。

「生まれ変わったら、自由に、好きなトイレに入ってほしいわよ」

はなこさんはつぶやきました。

「せやな。ぼく、はなこさんにもそうしてほしいねんで」

サブロー君が、はなこさんの背中をさすっていると、みんとちゃんが大声をあげました。

「なんやなんや、なんやいったい!!」
みんとちゃんが、はなこさんにまたしがみつきます。
地面をうめつくしていたピーマンが、ひとつ、またひとつと、空へのぼっていくではありませんか！

ぞざざざざざっ！　ぞざざざざざっ！　無限ピーマンは、こすれあいながら空へと吸いこまれていきます。まるで見わたすかぎりが、ちょうきょだいな緑色のふん水になったかのよう。

すべてのピーマンが空にのぼってしまうと、その下から川が現れました。向こう岸が見えないほど、はばの広い川です。だばだばだばだばだばっ、と大きな音を立てながら、ものすごい速さで水が流れています。町をいくつも飲みこんでしまう、洪水のような水の量でした。

こんなどデカい川、ようこさん、よく泳いできたなあ。サブロー君はあらためて感心しました。

「おいおいおい！　マジかいや！」

みんとちゃんが大声をあげながら、はなこさんの背中に飛びつきました。みんとちゃんをおんぶしたまま、はなこさんは何歩か後ろにさがります。うでを引かれて、サブロー君もさがりました。

ぶぅびゃしゃしゃしゃしゃしゃっ!!　ぶぅびゃしゃしゃしゃしゃしゃっ!!

ド派手な音を立てて、川の水がいっせいにふきあがりました。ちょう特大のくじらが、背中からしおをふいているかのように、耳がわれるような音を立てて、勢いよく真上にのぼっていきます。

大きな魚が数えきれないほど空をまい、岸に生えていた木々が、雑草がぬけるかのように根もとから引っこぬかれて、夜空に吸いこまれていきます。

「首痛なってきた。もしかしてこれ、上と下がさかさまなっとん？」

ずっと真上を見あげていたみんとちゃんが、両うでではなこさんの首をしめつけました。

「そ、そういうことでもないみたいだわよ」

はなこさんは、川があるのとは反対の方向を指でさしました。そこにももうひとつ、通学路にある小さな川が流れています。

川底の土がむきだしになっていて、その真んなかを細い水がゆっくりと流れている、細い川です。その川の水は、一てきも上にのぼってはいません。

「おふだからでてきたもんだけ、上に落ちてってるゆうこと？」

サブロー君がつぶやいたときには、きょだいな川の水の、最後の一てきが空にのぼっていくところでした。

「見ろやあれ！」

みんとちゃんが、はなこさんの頭をぶったたきます。

あとかたもなく川が消えたかと思うと、しずんでしまっていた町が顔をだしました。なにごともなかったかのように、町はどこもぬれていませんし、街灯や家の灯りがなつかしくともっていました。

「なんでかわからんけど、町がもとどおりになっとる。よかった。これでだれにもおこられへんわ」

サブロー君は長いため息をつきました。……ということは。三人は、もとにもどった町の向こう側に目をこらします。

先ほどようこさんが、真んなかをぶちぬいたので、ぼろぼろにくずれたきょだいな山。その山のかけらが、ひとつまたひとつと、うきあがっていきました。

かけらといっても、どれもはなこさんの体より大きな岩が、おたがいにぶつかり、かけらをまき散らしながら、夜空へと吸いこまれていきます。

夜をふたつに分けるかべのようだったきょだいな山が、上のほうからくずれていました。地しんがきたかのように地面がたてにゆれて、横にゆれて、山はどんどんけずられて形をなくしていきます。土が、砂が、木々が、石が、空気を切りさく音を立てながら、次々と上に落ちていました。

あっという間に、きょだいな山も、あとかたもなく消えてしまいました。そしてその下から、下じきになっていた町が現れます。

犬のなき声と、車の通る音が、かすかにひびきました。しずかに横たわる町にはまだまだ灯りがついていて、たくさんの屋根の下には起きている人たちがいることがわかります。

その町のおくには、学校がありました。街灯の光にすかして見ると、はなこさんたちが開けたフェンスのあながありません。ようこさんが、はなこさんを追いかけながらこわしていった校舎も、もとどおりになっています。

消えたはなこさん

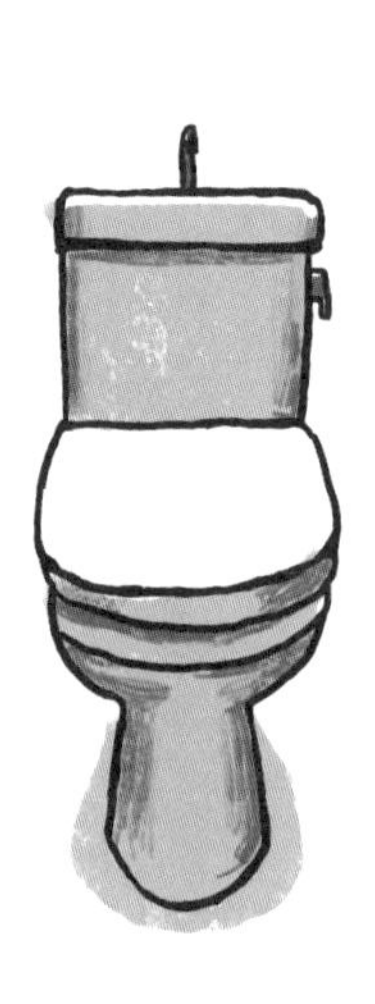

「町も、学校も、もとにもどっとるやんけ！」

みんとちゃんが、はなこさんの頭を両手でつかみ、かみの毛をくちゃくちゃにかき回しました。

「よかったわよ。これで平和がもどったわよ」

はなこさんが頭を動かしながら、にっと笑います。三日月のような形になった口のはじから、とがったキバがのぞきました。

「こわっ!!」

みんとちゃんが、はなこさんの背中から飛びおります。

「あらためて見たら、バケモンやんけ！　こわすぎやろ‼」

はなこさんの顔を指でさしながら、みんとちゃんはさけびました。

「みんとちゃん。人の顔を指さすの、やめとき。あと、バケモンとかぜったい言うたらあかん。イジメ案件や」

サブロー君は、みんとちゃんの顔を指さしながら注意しました。

「サブロー君、ありがとうだわよ。でも、いいわよ。子どもたちにびっくりされて、こわがられるのがわたしの仕事なんだわよ」

はなこさんは、少しさみしそうに笑います。曲がった口のはじから、よだれがたれました。

「みんと、もう帰るで。知らん知らん。みんとは何も見てへん。今日は何もなかった……せや、いとこのお兄やん待たせてたんやった、いっしょにコンビニ行くねん。ほんで、おかし買うてもらうねん……」

みんとちゃんは、むねの前で両手をふりながら、あとずさりしていきました。いきなり背中を向けたかと思うと、走りだします。

「おい！　みんとちゃん、夜中に子どもがひとりで走ってたらあぶないで！　送ってったるで……って、行ってもうたわ」

サブロー君は、ちょっとだけ走って追いかけようとしましたが、すぐにあきらめました。みんとちゃんはクラスでいちばん、かけっこが速いのです。あっという間にすがたが見えなくなりました。

「わたしたちも帰るわよ」

はなこさんが、右手をさしだしてきました。サブロー君も右手をだして、はなこさんとあくしゅをします。

大きくて、ぶあつくて、冷たい手のひら。長くてとがったつめがサブロー君のうでに当たらないように指を広げてくれているのがわかります。

はなこさん、やさしかったなあ。ようこさんからぼくらを守ってくれはった。おふだ、三枚もくれはった。これからまた、学校の女子トイレにもどって、何百年も子どもらをびっくりさせ続けるんやな。こんなええ人やのに、みんとちゃんみたいな子たちからは、バケモンあつかいされるんや。

サブロー君の目から、六つぶのなみだがこぼれました。

「はなこさん、さみしいやろ」

「えっ」

はなこさんはびっくりしました。

「ようこさんがおらんくなってもうたし、夜に女子トイレにしのびこむ、ぼくらみたいなアホ、何年かにひとり、おるかおらんかやろ」

「サブロー君……自分のアホさをよくわかってるわよ」

サブロー君は、あくしゅをしたままの手を上下に何度もふりました。

「わかっとるでー、はなこさん、あんたのことは」

後ろを向くと、サブロー君は、はなこさんの手をにぎったまま走りだしました。

「ちょ、サブロー君、どこに行くんだわよ」

はなこさんは、足をもつれさせながらあとに続きます。見た目は元気そう

でも、はなこさんは百年以上も生きています。小学生のような体力はないのです。

「うちにとまってきや！　今日はがんばったし、ゆっくり休んだらええわ。お母やんに言うたるし」

サブロー君は、自分の思いつきに興奮して、スキップをするように走っていきます。はなこさんはこまった顔をしながら、引っぱられるがままについていきました。

家をでたのは九時すぎでした。それから学校に行って、はなこさんを助けて、ようこさんと戦って。どれくらいの時間がたっているでしょう。

帰ったらお母やんに、まちがいなくおこられる。いや、しばかれる。でも。

サブロー君は、なぜかこわくありませんでした。それどころか、勇気がわいてきました。

ぼくは、はなこさんを助けた。みんとちゃんも助けた。ようこさんは助けられへんかったけど、でも、ようこさんからふたりを守った。

お母やんいつも言うとるよな。

——こまってる人がおったら、ぜったい助けてあげや。あんたはアホやけど、やさしい。あんたのええとこは、やさしいとこ。それだけや。だから、こまってる人を見すてたら、ぜったいにあかんで。

サブロー君は、空を見あげてさけびました。

「お母やん！　ぼく、やったで！　こまってる……人？　っぽい人を助けたで!!」

「サブロー君！　ほらいま夜だわよ。近所の人がびっくりするわよ」

「はなこさんでも、人がびっくりするのを心配することあるんやな」

だれも歩いていない暗い道を、ふたりは走り続けます。パジャマ一枚しか着ていないのに、サブロー君の体はすっかり熱くなっていました。

家の前に着くと、一階のテレビのある部屋の窓には灯りがついたままです。テレビの音が小さく聞こえてきました。

「よかった。お母やんもお父やんも、ぼくが家をでてきたことに気がついてないみたいや」

「おおさわぎになってなくてよかったわよ」

サブロー君とはなこさんは見つめあいました。大きさはサブロー君の倍くらい。口が耳までさけていて、おかっぱ頭の上には、サブロー君のうでくらいはある、太いツノが生えています。それがはなこさん。

「どう考えても、げんかんからいっしょに入ったら、お母やんおこるやろな」

「そりゃそうだわよ。こんな夜中におじゃまするなんて、しつれいだわよ」

はなこさんは、後ろで手を組んで、おしりを左右にふりました。はずかしがっているのでしょう。

「いや、そういう問題ちゃうねん。ぼくな、前にノラネコ拾ってきて、家のなかに連れて入って、飼いたい言うたらめっちゃおこられてん」

「わたしはノラネコみたいなもんってこと、だわよ？」

「ぜったいおこられるわ。でも、あきらめへんで」

　サブロー君は、はなこさんの手をにぎると、家とへいのあいだを回って、うら口へ向かいました。リビングルームの窓の下をしゃがんで通り、台所の窓の横を通って、角を曲がると、トイレの窓がありました。

「こっから入んで」

「ここってもしかして……」

「そう、トイレ！」

サブロー君は、むねをはりました。まずはぼくが先に入るし、はなこさんもあとから入ってきてや、と笑顔を見せてから、窓に手をかけます。うでに力をこめて、かべに足をかけて、まずは頭をなかに入れました。続いてかたを入れてお腹を入れましたが、おしりが引っかかってしまいました。

「は、はなこさん、ごめんやけど、おしりおしてくれへんか？」

サブロー君がたのむと、はなこさんはおしりをおしてきました。それはもう強い力で、サブロー君は頭からトイレのなかに落ちて、便器にほっぺたをぶつけました。

……痛い。サブロー君はしばらくほっぺたをさすっていましたが、便器の上に立って窓から顔をだしました。

「はなこさん、入っておいで。とりあえずトイレんなかで待っといてや……」

ひそひそ声で話しながら、サブロー君は気がつきました。はなこさんは、サブロー君の倍の大きさがあります。サブロー君でさえつっかえた窓から、なかに入れるはずがありません。

「どないしよ」

サブロー君は頭をかかえました。

「だいじょうぶだわよ、サブロー君」

はなこさんは、トイレの窓にツノをくっつけました。サブロー君のうでほどの長さがあるツノが、みるみるちぢみはじめて、フォークほどの短さになりました。

そのまま頭をくっつけると、頭はしぼみだして、サブロー君のにぎりこぶしほどの小ささになりました。はなこさんは、頭を窓のなかに入れます。かたがすぼまり、お腹がへこみ、おしりが小さくなって、はなこさんはトイレのなかに入りこみました。

「ネコみたいなサイズになっとる！　かわええ！」

サブロー君は、ノラネコほどの大きさにちぢんだはなこさんをだきあげて、かみの毛にほっぺたをこすりつけました。

「学校が取りこわされたりして、引っこさなきゃならなくなったとき、こうしてちっちゃくなって、だれにも見られないようにして別の学校を探してきたんだわよ」

声までネコのなき声に似てきました。

「はなこさん、ぼくんちのトイレに住んだらええわ。ぼくが毎日びっくりしたるし。学校のトイレにいても、夜にはなこさんに会いにくる子なんてめったにおらんし、ヒマやろ」

「サブロー君……」

サブロー君は、はなこさんの頭をなでました。

「でもなあ、お母やんノラネコかうのあかん言うとったし……はなこさん、もうちょっとちっちゃくなれたりせえへん？」

「なれるわよ」

はなこさんは、さらにちぢみはじめました。ハムスターくらいの大きさになり、ひよこくらいの大きさになり、消しゴムくらいの大きさになって、サブロー君の手のひらにおさまりました。

「ちっさ！　こんくらいならだいじょうぶやわ。トイレのすみっこにいてもじゃまにならへんもんな。よし！　お母やんに話しにいこ」

サブロー君は、消しゴムサイズのはなこさんをにぎりしめると、トイレのドアを開けました。

ろうかのおくのテレビのある部屋から、お父やんとお母やんの話し声が聞こえてきます。まだ、ふたりはテレビを見ながらおしゃべりをしているようでした。

ぼくがぼうけんしてたこと、気づかれてないのはええんやけど、まったく心配されてないのもいやな感じやな。サブロー君はそう思いながら、テレビのある部屋に向かいます。

「お母やん、あんな、話あるんやけど」

サブロー君が声をかけると、ソファにすわっていたお母やんがふり返りました。

「サブロー、トイレ終わったんか。もう九時やで、ねる時間やで」

「トイレのはな……って、ええっ!?」

サブロー君はびっくりして時計を見ました。時計のはりは九時ちょうどをさしています。

サブロー君がうんちをしにトイレに入ったのは九時ちょっと前。うんちをして、外にでて、みんとちゃんと会って、いっしょに学校へ行き、はなこさんとようこさんに出会って、にげて、おふだを投げて……どう考えても一時間か二時間はたっているはずです。

「お母やん、時計こわれてるで」

お母やんは、あくびをしながら時計を見ました。

「こわれてへんよ。そんなこと言うて、夜ふかししよ思てもあかんよ」

「いや、そうやなくて。話があんねん」

サブロー君は、はなこさんをにぎりしめていたこぶしをゆるめて、お母やんの目の前にだしました。そこには……何もありませんでした。

「はなこさん?」

消しゴムサイズのはなこさんは、かげも形もありません。どっかに落としたんやろか？　サブロー君は足もとを見回しましたが、はなこさんはいませんでした。

「おいサブロー。そろそろお母やんにおこられんで。もう部屋行けや」

お父やんもふり返って、うーん、とのびをしました。

やばい！　お母やんにおこられる合図や！　サブロー君は、はあい、と返事をすると、テレビの部屋をでました。

トイレをのぞいて、すみずみまで探してみましたが、はなこさんは見つかりません。サブロー君はあきらめて、階段をのぼって部屋に向かいました。

電気を消して、ふとんにもぐりこみます。大ぼうけんをしたあとだからか、すぐにねむ気がおそってきました。

はなこさん、どこ行ったんやろ。探さな。でもあかん。ねむすぎて体が動かん。サブロー君はあくびをして、ねがえりを打ちました。

せや、明日は音楽の授業で、リコーダーのテストあるんやった。取りに行ったけど、あのまま学校のろうかに放りだしてきてもうた。っていうか、そのまま置いといたらええのに、なんで取りに行ったんやろ。

リコーダーを取りに行く必要がなかったことに気がついてすぐに、サブロー君はいびきをかいてねむりはじめました。

仙田 学

せんだ・まなぶ／小説家。1975年京都生まれ。著書に『盗まれた遺書』（河出書房新社）、『ツルツルちゃん』（オークラ出版）、『ときどき女装するシングルパパが娘ふたりを育てながら考える家族、愛、性のことなど』（WAVE出版）などがある。

田中六大

たなか・ろくだい／画家、漫画家。1980年東京生まれ。挿画に『ひらけ！なんきんまめ』（竹下文子 作／小峰書店）、「日曜日」シリーズ（村上しいこ 作／講談社）、絵本に『だいくのたこ8さん』（内田麟太郎 文／くもん出版）、『ふしぎなかばんやさん』（もとしたいづみ 作／鈴木出版）、「しょうがっこうへいこう」シリーズ（斉藤洋 作）、『うどん対ラーメン』、『いちねんせいの1年間　いちねんせいになったから！』（くすのきしげのり 作／いずれも講談社）、漫画に『クッキー缶の街めぐり』（青林工藝舎）などがある。

装丁　坂川朱音（朱猫堂）

トイレ野ようこさん

2024年2月20日　初版発行

作者　仙田学
画家　田中六大

発行者　吉川廣通
発行所　株式会社静山社
〒102-0073　東京都千代田区九段北1-15-15
TEL 03-5210-7221
https://www.sayzansha.com
印刷・製本　中央精版印刷株式会社

編集／足立桃子

ISBN978-4-86389-812-7